El sombrero
del hada del mar

nicanitasantiago

LIBROS PARA CHICOS · BOOKS FOR CHILDREN

© Hardenville S.A.

Andes 1365, Esc. 310

Edificio Torre de la Independencia

Montevideo, Uruguay

ISBN 84-96448-05-3

Impreso en China · Printed in China

El sombrero del hada del mar

Textos

Jan Tich

Ilustraciones

Osvaldo P. Amelio-Ortiz

Andrea Rodríguez Vidal

Diseño

www.janttiortiz.com

Felipe está feliz.

En la playa, con su amiga del alma, Cata.

Es verano y hace mucho calor.

Sin embargo, eso parece no importarles.

Ellos se bañan en el mar, corren, se ríen,

llenan moldes con la arena y hacen pozos con

la pala, juntan agua en el balde, van y vienen sin parar.

Mientras juegan juntos en la orilla, Cata observa

detenidamente a Felipe.

Él está muy concentrado haciendo un... un...

–¿Qué es eso, Felipe?

–Ya verás, ya verás –contesta el niño.

Y sigue construyendo con gotas de arena mojada su…

–¿Es una montaña o un pino, Felipe?

–¡No… nada de eso, Cata!

¡Es el sombrero del hada del mar!

–¿Lo ves? Un sombrero para el hada de la noche.

Cata lo mira un poco asustada y un poco divertida.

–¿Por qué de la noche? –pregunta.

–Porque es en la noche cuando ella viene a buscarlo.

Por las tardes, yo lo construyo,

casi cuando el sol está por ponerse.

El sombrero queda en la orilla. Por la noche,

ella pasa volando con su patineta mágica.

Baja muy, muy abajo y, sin tocar el suelo,

toma el sombrero, lo coloca en su cabeza y juntos

salen a volar por el cielo azul marino con la luna de plata

que los mira, cómplice, en su paseo nocturno.

Del sombrero se desprenden miles de granitos de

oro que se vuelan con el viento, lejos, muy

lejos de aquí, hacia otras playas.

Cata no puede dejar de escuchar y, con los ojos bien

abiertos, lo mira sin pestañear.

A lo lejos, la mamá de Felipe les hace señas.

—Es hora de irnos —dice Cata.

Juntan todos sus juguetes y
se van caminando muy juntitos
por el camino del faro.

Cata está tan fascinada con el relato de Felipe que no quiere perderse ni una palabra de lo que dice su amigo.

El sombrero quedó listo.

¿Pasará el hada a buscarlo?

Felipe sabe que así será. Siempre ha sido así.

Lo hizo, al igual que siempre, en la orilla y cada vez que lo dejó allí, el sombrero había desaparecido al día siguiente.

El hada siempre fue por él.

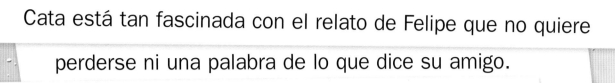

Esa noche, en su casa, Cata no pudo dormir.

Se pasó horas espiando por la ventana

para ver si veía al hada de Felipe

volando cerca de la luna de plata.

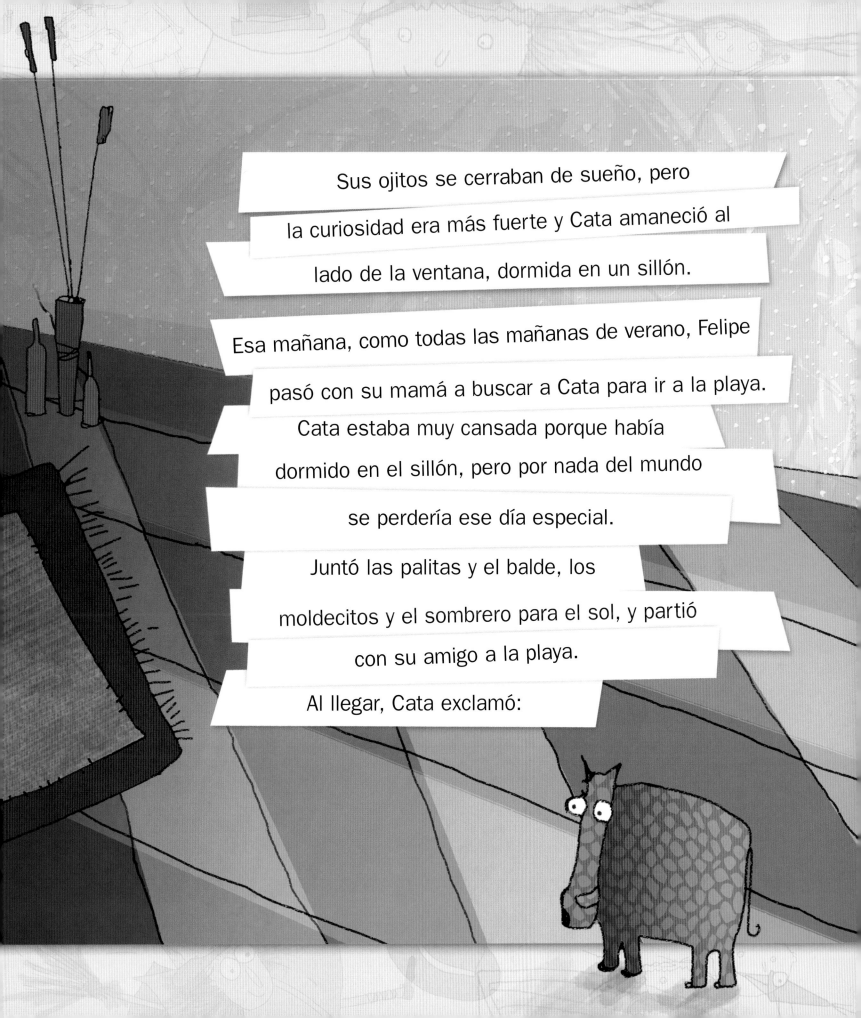

Sus ojitos se cerraban de sueño, pero la curiosidad era más fuerte y Cata amaneció al lado de la ventana, dormida en un sillón.

Esa mañana, como todas las mañanas de verano, Felipe pasó con su mamá a buscar a Cata para ir a la playa. Cata estaba muy cansada porque había dormido en el sillón, pero por nada del mundo se perdería ese día especial.

Juntó las palitas y el balde, los moldecitos y el sombrero para el sol, y partió con su amigo a la playa.

Al llegar, Cata exclamó:

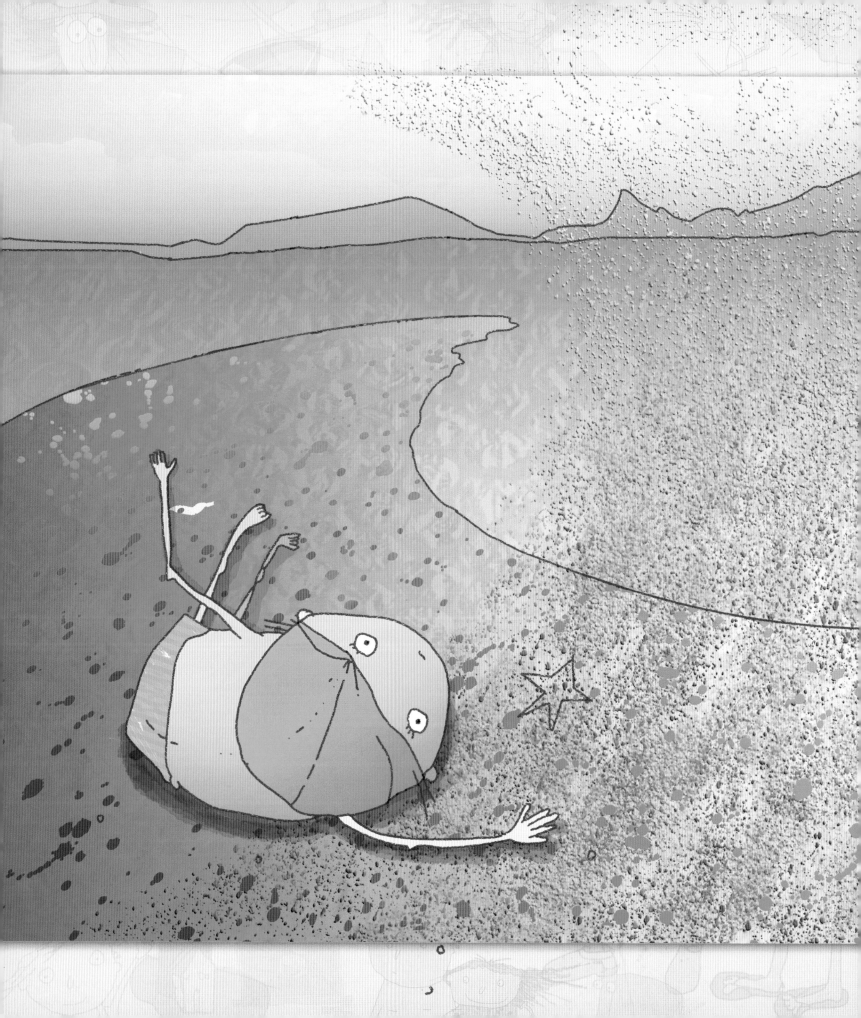

–¡Felipe, tenías razón! ¡Ella vino y se lo llevó!

Juntos corrieron hacia el lugar

donde el día anterior habían dejado el

sombrero, que ya no estaba allí.

En su lugar vieron destellos de oro

brillando en el suelo.

–¿Ves, Cata? –dijo Felipe–. Se lo llevó.

¿Te parece que hoy le dejemos otro?

Cata no lo dudó. Ella había

visto por la ventana

cómo el hada pintaba

la noche de oro y

las sirenas salían a cantar

mientras delfines de plata

saltaban y acompañaban

su largo vuelo sobre el

pueblo y el mar.

Eso no podía dejar de suceder.

Ella necesitaba

ese sombrero mágico.

–¡Por supuesto! –gritó Cata.

Y riendo y corriendo hacia la espuma blanca

de la ola que se acercaba a saludar,

supo desde ese día que ella y su amigo tenían

un secreto mágico para disfrutar.

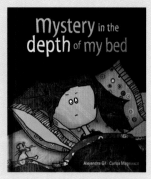